A los niños de la Gran Sabana

EL RABIPELADO BURLADO es un cuento de la tribu pemón. Los pemón viven en la Gran Sabana, en la región de Guayana del Sur de Venezuela. La Gran Sabana es la región de los tepui ; altas montañas de paredes verticales y cimas planas, como el Auyantepui, de donde cae el Salto Angel o Churum-meru. En los tepui se encuentran especies muy raras de plantas y animales y los pemón dicen que allí viven los espíritus kanaima.

Los pemón son gente sabanera, pero hacen sus conucos en la selva. Allí cultivan yuca, plátanos, ocumo, ñame, caraotas, auyama, lechosa, ají, tabaco y la planta mágica *kumi*. También cazan y pescan en los ríos de la Gran Sabana. Su pez favorito es el aimara y sus presas preferidas son los báquiros, venados, acures, lapas y dantas. Construyen casas circulares o semicirculares, llamadas *maloka,* fabricadas de barro, madera y palma.

Tienen una bella lengua y una rica tradición oral de cuentos y leyendas que ellos llaman *panton* y que desgraciadamente se ha ido perdiendo desde que el hombre blanco ha intentado imponerles su cultura.

Rabipelado en pemón se dice *avare*.

El *sekunwarai* es una mata de ramas muy nudosas.

Este cuento fue recopilado por Fray Cesáreo de Armellada y publicado en su libro Tauron Panton II.

Décima impresión, 1997

Edición a cargo de Carmen Diana Dearden
y Verónica Uribe
Directora de Arte: Monika Doppert
© 1979, Ediciones Ekaré
Av. Luis Roche, Altamira Sur
Caracas, Venezuela
ISBN 980-257-003-6
Impreso en Caracas por Editorial Ex Libris, 1997

EL RABIPELADO BURLADO

Cuento de la tribu pemón

Recopilación: Fray Cesáreo de Armellada
Adaptación Kurusa y Verónica Uribe
Ilustración: Vicky Sempere

Ediciones Ekaré

Un día al atardecer el Rabipelado se
encontró con una bandada de trompeteros.
El Rabipelado tenía hambre.
Los trompeteros buscaban frutas.

— Buenas tardes, hermano Trompetero,
dijo el Rabipelado acercándose al más grande
de la bandada.

— Buenas tardes, hermano Rabipelado,
gritó el Trompetero.

— ¡Caramba, hermano, que tengo las orejas
delicadas!, protestó el Rabipelado
y en seguida bostezó. ¡Qué rapido se pone
el sol! ¿verdad? ¡Y qué sueño tengo!
Creo que voy a dormir. Y ustedes,
los trompeteros ¿dónde duermen?

El Trompetero grande, distraído con un coquito brillante, contestó:

— Ahí mismo, en esa mata de sekunwarai.

— Pues yo voy a recogerme por allá mientras ustedes se acuestan por aquí , dijo el Rabipelado.

— Está bien , dijo el Trompetero y con un grito de despedida la bandada se fue a dormir.

El Rabipelado, calladito, se escondió
en un hueco de la mata de sekunwarai
y esperó al anochecer.

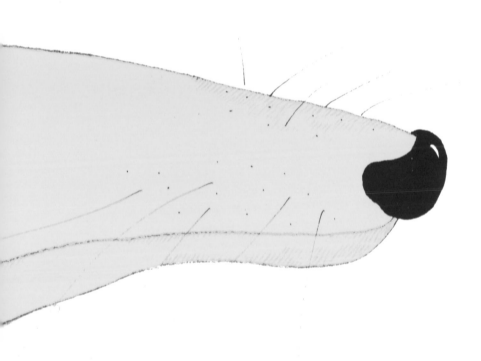

Cuando estaba bien oscuro, el Rabipelado se subió a la mata y empezó a tocar las ramas nudosas buscando algún trompetero.

Tocó arriba y abajo, aquí y allá, pero lo único que sintió fueron esas ramas nudosas.

— ¡Hay que ver qué mentiroso es el hermano Trompetero!, refunfuñó el Rabipelado y se recostó en una de las ramas.

La rama se movió, pegó un grito
y salió volando.

Y ahí se quedó el Rabipelado, encaramado
en la mata, hambriento y enojado
mientras la bandada se alejaba.

Todo el día pasó el Rabipelado
buscando comida. Al atardecer se encontró
con el Piapoco cantando en una rama seca.

— Buenas tardes, hermano Piapoco,
dijo el Rabipelado lamiéndose
los bigotes. ¿Qué hace usted?

— Aquí, llamando a la lluvia, hermano,
contestó el Piapoco.

El Rabipelado se sacudió:
— ¡Qué frío tengo! ¿Tú no tienes frío, hermano? Y parece que allí viene la lluvia. Creo que voy a buscar un lugar donde protegerme esta noche. Y tú, hermano ¿dónde duermes tú?

El Piapoco, creyendo que se lo preguntaba por curiosidad nada más, contestó:
— Yo duermo en el árbol aquel.

— Pues yo como que voy a descansar por aquí mientras tú te acuestas por allá, dijo el Rabipelado y se quedó entre unas piedras esperando la noche.

Cuando oscureció, el Rabipelado se subió
calladito al árbol y empezó a buscar al
Piapoco. Tocó arriba y abajo, aquí y allá,
pero por más que buscó y rebuscó
no lo encontró. Sólo se tropezó con
un paquete de ají tostado, cosa que nunca
le había gustado.

Por fin, cansado, se bajó del árbol diciendo:
— ¡Qué embustero, caramba, es mi
hermano el Piapoco!

Al amanecer el Rabipelado oyó un ruido
en el árbol. Miró hacia las ramas
donde había estado y vio como el paquete
de ají tostado se desenrolló y salió
volando con la cola levantada.

— ¡NNNNNNNNNNGGGFFF!,
gritó rabioso. Ese no era ningún paquete
de ají; ése era un paquete de piapoco.
¡Ya verás, Piapoco, poco!

Pero no le quedó más remedio que seguir su
camino más hambriento que nunca.

Caminando, caminando, se encontró
con la Poncha Relojera cantando las seis
de la tarde.

— Buenas tardes, hermana Poncha,
dijo el Rabipelado con la lengua afuera.

— Buenas tardes, hermano Rabipelado,
contestó la Poncha.

— Ya es hora de que el sol se vaya ¿no crees,
hermana?, preguntó el Rabipelado
hambriento. Es hora de dormir ¿no crees?
Yo me voy a dormir ahorita mismo.
¿Y tú? ¿Dónde duermes tú, hermana?

Pero a la Poncha no le gustó como la miraba
el Rabipelado, con esos ojitos brillantes
y la lengua afuera. Por eso apuntó
con la cola hacia un árbol alto que estaba
muy cerca y dijo:
— ¿Yo? Yo duermo allá arriba. En la punta
de esas ramas.

Y cantando se subió al árbol mientras
el Rabipelado la miraba.

Cuando vio el Rabipelado que la Poncha
estaba bien sentada en la rama más alta se
metió bajo unos matorrales cercanos
a esperar la noche.

Y la Poncha, tan pronto vio
que el Rabipelado le daba la espalda
voló al suelo y se quedó a dormir allí
como siempre lo hacía.

Apenas oscureció, el Rabipelado se subió rápido a la rama más alta del árbol. ¡Ajá! pensó, a ésta sí me la como yo.

Buscó arriba y abajo, aquí y allá. Recorrió todas las ramas buscando a la Poncha, pero, caramba, no la encontró.

— ¡Qué maligna eres, Poncha!, gimió el Rabipelado desesperado. ¡Y con el hambre que yo tengo!

Se puso a llorar y a saltar de la rabia
y en uno de los saltos se cayó de la punta
de las altas ramas del árbol.

Y en el suelo quedó, magullado
y adolorido.

Dice la gente de la Gran Sabana
que el Rabipelado huele de esa manera
porque los golpes nunca se le sanaron…

...Y digo yo que debe ser desde entonces
que los rabipelados también comen
raíces, frutas y semillas.